Miguel Ortiz Valderrama

APORHILO
,,,y su Yo
–after eight–.

"Este libro pretende rendir homenaje al propio Aporhilo –*su tenaz inspirador*–.

Él me hace sonreír con su gran sentido del humor. Aporta espiritualidad, armonía, y la imprescindible comprensión razonada, tal vez inequívoca, de mí mismo.

A estas alturas de la vida, espero que lo comprendáis, no le cambiaría por nada, ni por nadie.

¡Siempre estuvo ahí! Sencillamente es el responsable de todo lo que soy

,,,y también de lo que no soy.

¡GRACIAS, APORHILO!

Exordio fugaz

El libro *Aporhilo ,,,y su Yo -after eight-* nos ofrece un conjunto de sorprendentes relatos y de sutiles reflexiones aforísticas. Los relatos, breves e impregnados de un humor inteligente –que a veces ronda el sarcasmo– le confieren un toque de originalidad que sin duda resultará atractiva a los lectores; *El Oráculo de Aporhilo*, los *Aporhilismos* y los *Aporhitafios*, plasman reflexiones –sencillas a veces, otras mucho más profundas, pero todas fruto de una gran sutileza y sensibilidad– sobre muchos de los momentos y experiencias que la vida nos procura.

Su lectura nos evoca las píldoras reflexivas del gran maestro Sócrates y el talante compasivo del que nuestro genial Miguel de Cervantes hace gala en El Quijote. En el fondo, tanto los relatos como los aforismos cumplen modélicamente la misión de una obra literaria, ajustándose al lema que el latino Horacio reivindicaba para su poesía, *prodesse et delectare*, enseñar y deleitar: *Omne tulit punctum qui miscuit utile dulci lectorem delectando pariter monendo.*

En conjunto es, pues, un libro en el que prima la excelencia, que no dejará indiferente a ningún lector, pues combina con maestría humor, sorpresa y originalidad.

Isidoro Pisonero del Amo
Catedrático de Lengua y Literatura

A modo de prólogo

Aporhilo ,,,y su Yo -after eight- no es un texto más en el panorama literario actual. Y afirmo que no es una obra literaria "al uso", porque su prosa, eminentemente descriptiva, plena de agudeza y precisión, construye, a la luz de un estilo en donde prima la sencillez, una muy novedosa estructura literaria, dialogada en la forma adoptada, que impele al lector a inmiscuirse (como si fuera un actante más) en el diálogo formal, convertido a veces en monólogo, otras en soliloquio y las más en diálogos truncos.

La ironía, el humor, la sátira y el sarcasmo fluyen con chispeante espontaneidad por los "cuadros", "estampas", "relatos" o "escenas", que no son sino retazos de vida que nos va presentando el narrador en este primer capítulo: *Exclusivas de Aporhilo*.

Bajo la estructura de "hojas volanderas", "estampas" o "fotografías", el autor describe con maestría las situaciones, dichos, costumbres, tradiciones, habladurías y anhelos de sus personajes visiblemente ensamblados en la sociedad que nos ha acompañado, de una forma u otra, en nuestro azacaneado vivir.

Exclusivas de Aporhilo está compuesto por diferentes estampas sociales (XV) -situadas en escenarios comunes (en la playa, en el fútbol, en la manifestación, en la cocina...)- en las que el narrador se inmiscuye subrepticiamente en el falso diálogo de las personas que en él intervienen, caracterizando, a su vez, cada una de las escenas propuestas mediante la recreación de personajes-tipo (el noble y sus títulos, el insigne profesor, el polemólogo, el artista sublime...), para con posterioridad, mediante el recurso formal de la "P.D." (posdata), mostrar al lector su posición social, sobre todo intelectual, frente a la de sus interlocutores. Posición no exenta de una sutil ironía, que surge de la evidente contraposición de pareceres y de formas de vida entre los actantes que intervienen en el diálogo y la extensión del "yo" del narrador convertido en *Aporhilo*.

Todo ello lo consigue con recursos estilísticos sencillos: abundan la coordinación y la yuxtaposición sintácticas; la subordinación escasea y la adjetivación es marcadamente descriptiva.

Los neologismos son muy frecuentes en la composición de palabras. Asimismo, abundan los retruécanos y la formación de palabras sintagmáticas mediante la creación *ad hoc* de sinestesias y de antítesis muy logradas: "para anormales" (pág. 75), "manifiesto unánime, ya que todos se manifiestan en contra (del manifiesto)" (pág.63).

El recurso estético formal de la "P.D.", además de construir el discurso, lo reinterpreta desde la óptica del yo. La lengua del coloquio imprime virtualidad y agilidad a las escenas narradas, porque las plurales voces que en él se oyen responden a personas reales que expresan con naturalidad sus vivencias, propias de la sociedad española del último tercio del siglo XX y principios del XXI.

En todos los "cuadros" de este primer capítulo es de destacar el recurso estilístico de maximizar lo narrado mediante la hipérbole; lo estrambótico lo consigue el autor por medio del magistral empleo de la antítesis, de la que fluye la fina ironía que aleja al lector de lo narrado pese a que éste se ha inmiscuido en el diálogo.

En definitiva, son "estampas" que, mediante la hipertransgresión, nos quieren acercar a la realidad humana, a la realidad social del ser humano tal cual es, aunque nos duela su forma de actuar. Diría, por la composición formal de estos excelentes "cuadros", que el autor es un admirador de Goya, de Solana, de Camilo José Cela, entre otros, al mostrarnos desde la escritura la sordidez humana.

La prosa de *Aporhilo* no es lineal, ya que se va adaptando formalmente a lo narrado; fondo y forma convergen en el estilo conceptista que desarrolla de manera cáustica en el *Oráculo de Aporhilo* (cap. II).

En este segundo capítulo el lector es el trasunto de *Aporhilo*; es el receptor del mensaje del Maestro que suele invocar a la Razón y al Conocimiento del ser humano. Invoca al hombre en plenitud.

Aparece la sabiduría popular, expuesta y razonada con sencillez, pero con palabras que acompañan al lector y pertenecen al lector que ha ido creciendo con *Aporhilo*.

En *Aporhilismos* (cap. III) la prosa transcrita, con abundancia de polisemias, antonimias y antítesis, establece la vía perfecta por la que circulan bien pertrechados los aforismos, rebosantes de sabiduría popular.

La palabra justa y los sintagmas precisos y concisos propenden a desplegarse por las páginas del capítulo con el fin de poetizar, paradójicamente, el concepto emitido. La sencillez de la prosa y el ingenio que alienta el engarce de la frase trunca posibilitan la lectura profunda y razonada del "Aporhilismo".

Y por último, la prosa, en *Aporhitafios* -con el subtítulo de "Pantheon de los Aporhilos"- (cap.IV), tiende, desde la contención estilística, desde la antítesis, a mostrarnos la duda perenne en el hombre; tiende a certificar la dualidad existente entre el *Yo* y el *Tú*, tanto en el tiempo como en el espacio.

Ya el título, neologismo necesario para las exigencias narrativas del capítulo, nos indica que el recurso de la antítesis va a estar muy presente para que la ironía destaque el proceso intelectual de resaltar (y abreviar) lo que se dice (o se intenta decir) y lo que, en realidad, se expresa.

El autor ha reunido, en este estupendo libro, textos, historias, apuntes del hoy, del ayer y del mañana que tienen en común al ser humano en su peregrinar por este mundo. Tienen en común al hombre que ha nacido pequeño y desvalido, pero pretende alcanzar la madurez.

Es un libro interesantísimo, de fácil y agradable lectura que, por medio de la agudeza intelectual y del ingenio de *Aporhilo*, nos muestra a la sociedad española actual, más urbana que rural, pero muy apegada a sus raíces sociales y culturales.

Aporhilo se ha ganado, por su interés e ingenio, una tercera salida a la plaza pública para seguir pregonando entre sus lectores la realidad del ser humano.

Como pregonero de esta magnífica obra, alzo, una vez más, la voz para dar la bienvenida a su autor, a la vez que le traslado mi felicitación por esta tan esmerada tercera edición de *Aporhilo.*

P.D. El autor, Miguel Ortiz Valderrama -por cierto, español por madrileño-, conoce muy a fondo la sociedad que retrata con la inestimable ayuda de *Aporhilo.*

Aparte de ejercer la abogacía, ha desarrollado (y en ello sigue) una extraordinaria y polifacética labor artística centrada eminentemente en la pintura y en la literatura. *Aporhilo* y las excelentes ilustraciones que lo acompañan lo certifican.

Jesús Sánchez Lobato
Catedrático jubilado de la Universidad Complutense de Madrid

EXCLUSIVAS DE APORHILO

I

Un amigo en la playa

Ayer conocí a Aporhilo. Fue por casualidad, así pasan estas cosas, pues es raro que yo baje a la playa.

Después de captar mi atención y como era evidente que, por más que se desgañitase, con el ruido de las olas no podría oírle, me preguntó con gestos de la mímica si fumaba (era una buena excusa para entablar conversación). Sin darme por aludido, me alejé nadando y a unos cien metros salí a tomar el sol.

Su decisión de pegar hebra no parecía fácil de doblegar, por lo que, aparentando buscar moluscos lamelibranquios, se hizo el encontradizo.

– Perdone que le moleste. ¿Colecciona Ud. las cubiertas de carbonato cálcico de los bivalvos? Mire, esta es espectacular. ¿Cuánto daría Ud. por ella? Si no me da nada, es igual, se la regalo. Apostaría que es Ud. italiano, de Sicilia para ser más exacto. ¿Are you italiano? ¡Perdone! (me grító de nuevo) ¿Parla italiano? Está bien, no insistiré más. Si no quiere confesar de dónde es, allá Ud., sus razones tendrá, pero seguiré pensando que si no es siciliano, es español descendiente de gallegos.

Aunque no le hice el más mínimo caso, continuó hablando durante las 2 horas y 57 minutos siguientes.

Dijo que le llamaban Aporhilo porque su mamá, la "Enagüera" (hacía enaguas para las señoritas de la Cruz Roja), le solía mandar a por hilos y con "A-por-hilo" se quedó

Eran nueve hermanastros, todos de desconocido doble vínculo. El último preñador huyó a Nigeria con la camarera del hostal que estaba a tiro de dos manzanas, aunque la verdad es que siempre estuvo a tiro sin necesidad de manzanas.

Los lugareños aseguran no obstante que eran diez hermanos, porque el niño bizco del orfanato, con un ancla por antojo en dicha parte, era idéntico al paisano con el que la madre solía sestear en chalupa mar adentro con olas de fuerza dos a tres rolando a noroeste. El susodicho paisano alegaba en su defensa, a quien le quería oír, que por S. Emeterio y con luna llena nunca habían estado juntos, ni encima, ni debajo, ni revueltos, lo que probaba de forma indubitada que no era suyo.

Lo que sí sabían viudos, casados y solteros muy necesitados, es que ella era de fácil apaño y que en vista del "ahí te quedas" del nigeriano, empezó a salir todas las noches luciendo (gracias a sus lámparas) un traje de color sospechosamente amarillento y muy escotado, aunque más preciso sería decir sin escote, pues se podía ver todo aquello que, en otros cuerpos, se conoce como senos. Tampoco llevaba ropa interior para que no se la quitasen -según aclaraba ella-.

Al ser todo ello cosa muy delicada de comentar, se puso a hablar del tiempo para que me sintiese más relajado: "Si sigue así, terminará nublándose. Mire, mire qué nube viene por allí. Cuando hay Lebeche ya se sabe... ¿Se acuerda de la que cayó el año pasado por estas fechas? ¡Eso sí que era llover! Hoy, como siga así, no le aseguro yo nada, pero Vd. tranquilo, que la previsión para las horas siguientes es sin cambios, aunque con posibles descensos ligeros en zona alta y viento flojo variable con predominio de algún componente".

Durante los 38 minutos siguientes siguió con lo de las nubecitas y con su evolución en base al vapor acuoso que se suspende en la atmósfera. También pronosticó, simplemente mirando al horizonte, cuándo iba a llover o a chispear en los próximos trienios.

P.D. *Yo seguí en meditación profunda, boquiabierto y con respiración fuerte, entrecortada, como si tal cosa (durmiendo).*

II

En el maratón

En un viaje que hice a Jordania me comentaron que Aporhilo estuvo por allí, después del Ramadán, coincidiendo en las fiestas de una pequeña localidad que se encuentra al noroeste del sureste de la ciudad de Ammán, en la que se celebraba un maratón mixto de más de 437 participantes (438). Se afirma que llegó el último por ir cediendo el paso a todas las mujeres, con independencia de edad o condición. Entre ellas se encontraba Ahiwa Qtiía, hija del sultán Mohamelatú (los allegados a la familia nunca tuvieron claro si el sultán era la sultana o si la sultana era el sultán).

Fue con Ahiwa Qtiía, que iba cubierta de pies a cabeza con un "burka", con quien se perdió varias veces, lo que tenía su mérito pues no resultaba nada fácil, al ser un circuito programado también para invidentes.

Entre las innumerables anécdotas que se sucedieron, cabe destacar que cruzó la meta al día siguiente de la clausura. Sin aplausos, claro está, y sin el chupito de agua obsequio de la organización, pues según se pudo apreciar el lugar estaba desierto, ya que el gato que había junto a la mezquita no contaba. Fue entonces, en aquel histórico e histérico momento, cuando ella, que en silencio se había ido enamorando de su viril y amable compañero, le empujó cargada de pasiones contra el paredón que había a espaldas del minarete y, en menos que canta un gallo o bala un cordero, le puso mirando a la Meca.

Se libró por Alá y por pelos, y porque todavía sigue corriendo, pues es sabido que el hábito no hace al monje, y en este caso el vaporoso velo ocultaba a un bigardo que calzaba un 45, no solo de pies y manos.

P.D. *No consta su participación en las siguientes ediciones, pero se sospecha que pudo haberse inscrito bajo el nombre (supuestamente falso) de Matufah Elshobak.*

III

Futbolista a ultranza

Se creerá si afirmo, como necesario y aclaratorio paréntesis, que jugó en un equipo de primera división, no por sus facultades, que eran nulas, sino por haber salvado la vida a la hija del presidente del club en un atraco a dos manos (historia ésta que ya habrá ocasión de contar).

En su debut como centrocampista, aunque no llegó a tocar el balón, tuvo la mala fortuna de chocar de forma imparable con el portero suplente, que se encontraba descansando en el banquillo. Al desafortunado tuvieron que tumbarle en el césped sin conocimiento (pues nunca lo tuvo), para ser indebidamente atendido por asistente sanitario, quien por suerte había hecho prácticas avanzadas en una clínica veterinaria. En los 40 minutos siguientes seguía sin reanimarse, a pesar de los aplausos, retumbante griterío y abucheos del distinguido público de las gradas. Como el *espabilao* no espabilaba, pidieron una camilla al hospital más cercano. Al no pedirla con urgencia, tardó una semana, por lo que cuando llegó ya no estaba, pues harto de las bofetadas que le dieron para reanimarle, decidió irse por su propio pie. En cualquier caso, todos se alegraron de que no se hubiese utilizado la camilla de la maternidad, traída por una matrona, pues habría resultado muy embarazoso.

En el segundo tiempo no tuvo mejor suerte, ya que en una de sus carreras, siempre peligrosas, pisó al árbitro y, al dejarle para tirar, tuvieron que retirarle, con sonoras protestas de la muy respetable afición.

En la siguiente y última jornada que jugaron en su campo, fue récord Guiness como el defensa que más goles metió en propia meta, él solito metió 8; también hubo un golazo de cabeza en un rebote con el cuarto árbitro. Fueron al descanso con un abultado 0-9, que no pudieron remontar pese a que los contrarios jugaron sin portero, ya que fue retirado por lesión en los primeros 10 minutos del partido.

En la rueda de prensa no quiso hacer declaraciones a los diarios deportivos, limitándose a decir que el colegiado era el único culpable por pitar los goles. Razón no le faltaba, según recogió la revista del corazón "Hola y adiós".

Al día siguiente, tampoco habló mucho más, debido a la depresión que cogió al ver a contraluz salir corriendo al portero como alma que se lleva el diablo y que, por más que se esforzó, no fue capaz de alcanzarle.

Tampoco le animó que el entrenador le dijese que había dado sus señas falsas, porque le buscaban unos hinchas para lincharle con las botas puestas.

P.D. *Desde entonces y con la desolación (pese a estar al sol) de su Presidente, no se ha sabido nada de él, y eso que ya han pasado por lo menos 11 años (10 años, 12 meses, 1 día y 24 horas). Pero allá él (comentaron los perdedores) si se ha perdido, él se lo pierde.*

IV

Los marqueses de Todogrande

La siguiente anécdota de mi inseparable amigo, al que dicho sea de paso sólo tuve el gusto de ver una vez, la supe al encontrar su tao en el Libro de las Mutaciones (I Ching). Allí descubrí, con no pocas dotes receptivas, que hace 6 años, dos meses, 55 días y 110 minutos, sin carta de presentación, ni curriculum vitae, ni informe favorable y pese a ser enclenque y contrahecho de nacimiento, consiguió un duro trabajo de escolta y agente de seguridad en Casa de los Marqueses de Todogrande Yahivandós de Tontolín y W. de Mastontolinez, en cuyo celo profesional no sólo guardaba las espaldas, sino también la delantera y vientre bajo de su heredera universal la Señorita Carlota Marimar y Monada Delaconcepción Casivirgen quien al sentir en un tropiezo el único atributo que le sobresalía, se enamoró locamente conforme a su condición.

Resignado a su suerte accedió, no por el interés sino por el capital, a contraer matrimonio nupcial con amor ciego, pues nadie lo vio claro y además era fea con ganas y sin posibilidad de mejoría según ínclitos galenos que aconsejaron por unanimidad y como único remedio, encargar una novena a la Patrona de los Deshechos y a Sor Alegrías para que quedase como estaba, pues el injerto Chicholín practicado únicamente en la mama derecha y en fase de prueba, no resultó práctico y menos aún estético.

Cabe destacar que aunque siguen casados, bajo el régimen de pérdidas de ella y ganancias de él, la relación que mantiene el mantenido es distante, al haberla enviado hace ya cuatro años y medio a la India para perseverar en la esotérica práctica de los tantras que "*tranta*" falta le hacía. Así él pudo tener más tiempo en la ardua labor de compromisos sociales y en la estresante tarea de jugarse la pasta en los casinos, así como en la de visitar, acompañado de meretrices explosivas (que él explotaba) en las suites de todo el mundo para estudios de mercado de abastos. No olvidemos ni echemos en saco roto o talego, que habla (por señas) al menos setenta lenguas (paladares incluidos) entre idiomas y dialectos.

Los porqués y el alto coste de esta interesantísima historia los dejaré para otro momento.

Ahora, y sin más, aprovecho la ocasión para expresarle mi más sentida condolencia, ya que en este momento puedo confirmar, a través de facultades para anormales y bienes parafernales, que un martes de éstos, con mucha suerte se convertirá en marqués consorte y viudo heredero universal de su millonaria y nunca bien ponderada esposa Doña Carlota Marimar y Monada Delaconcepción Casivirgen marquesa de Todogrande Yahivantres de Tontolín y W. de Mastontolinez, quien pasará a mejor vida (y también, y sobre todo, Aporhilo, gracias a la fortuna que le dejará). Pido por último a San Desiderio que colme su cuerpo insatisfecho de deseos, por los siglos de los siglos.

Amén o así sea de vez en cuando.

P.D. *Supe también, por fuentes cercanas al marqués consorte, que Dña. Carlota Marimar y Monada Delaconcepción Casivirgen marquesa de Todogrande Yahivancuatro de Tontolín y W. de Mastontolinez, que dejó a la postre un novio putativo experto en polemología. Grandes estrategas de la época, siguiendo sus consejos, fabricaron o hicieron acopio de armas de todo tipo, incluyendo tanques tirachinas y aviones de combate con cerbatanas. El arsenal defectuoso y de poco alcance lo aprovecharon vendiéndoselo a grupos étnicos y religiosos para así arruinar a potenciales enemigos, a quienes también podían atacar y destruir por encontrarse armados.*

Algunas de estas bélicas historias en las que participó, a instancia de la O.T.A.M. (Organización Trasnochada del Atlántico Maltrecho) como asesor de los enemigos, se las contaré a Uds. una vez me sean verificadas y ampliadas.

V

El insigne profesor

También se sabe de Aporhilo que a sus 47 añitos trabajó por primera vez, según informe de la INTERPOL, como niño de recados y por enchufe en El Apagón, una tienda de electricidad sin cables conocida en su zona. Sin embargo el 13 de junio, día de su cumpleaños, decidió despedirse a la francesa y autoproclamarse "insigne profesor" de filosofía muy avanzada, al considerarse sobresaliente discípulo de Friedrich Nietzsche, gracias al curso por correspondencia que le tocó en una chapa de bebida efervescente Stauferssss y que nunca recibió al carecer de señas propias.

Desde aquella solemne decisión consideró deber de conciencia impartir, gratuitamente en la Casa de Campo, clases que calificó de magistrales. Para ello y sin perder más tiempo, aquel mismo día fijó el horario lectivo de 7 a 9 piem en adelante, por ser el más concurrido de público.

Como el Ayuntamiento no facilitaba tarimas para estos menesteres, se encaramó a una encina seca y chaparra, ayudándose en la megafonía con una lata de fabes de cinco kilos achatada en los extremos.

Después de la presentación, que él mismo se hizo y antes del soliloquio, prometió al presente (nunca hubo más de uno/a y siempre con minúsculo "tapa algo" como atuendo), que al final de curso concedería un Diploma, a repartir, que él mismo homologaría. Seguidamente, y sin más interrupción que su propio aplauso, entró en materia.

"Es cuestión primordial que usted, distinguido público, comprenda el porqué de la existencia emergente en la conciencia inconsumada del ente precursor. Pues sabido es y demostrado, y seguro que así consta como premisa y paralelismo coyuntural, que no está de paso sino que ha venido en la conciencia del de-venir".

Ante la claridad expositiva sonrió satisfecho y pidió a los ausentes de forma cordial, con inclinación de cabeza, que reservasen los aplausos al final, circunstancia que aprovechó para aclarar la voz con un chupito de anís y con otros diez más, esta vez lingotazos, para la entonación.

(Al ser principio de verano se quitó la camisa y a torso descubierto volvió a encaramarse).

"Pues bien. Nos quedamos, si mal no recuerdo, en la ciencia sumada que pretende en contra de existencialismos ir más allá de su adición. Teoría ésta que mi colega Friedrich habría rechazado igualmente en su abstracción íntima para adoptar mi tesis de la evolución ascendente a aquella otra de reacción contraria".

Habría continuado de buena gana a no ser por un camión cisterna que le fumigó de pies a cabeza con tal presión que sus huesos y lomo fueron a parar contra la esquina del banco de granito, puesto allí exprofeso para que nadie se durmiese en los laureles.

Gritó sus magulladuras y maldijo su suerte pero, como no hay mal que por bien no venga, se abstuvieron de picarle mosquitos, ladillas y todo aquello que se tuviese por insecto en los 5 ó 6 meses siguientes.

Pero como las desgracias no vienen

solas, cuando se encontraba tendido en el paseo, un caballo percherón que iba al trotecito –presumiblemente queriendo– le pateó por dos veces (la 1ª a la ida y la 2ª a la vuelta).

Entre quejidos y con el poquito conocimiento que le quedaba (nunca tuvo mucho), comprobó de buen grado como dos congoleñas, raudas de ropa (más que ligeras) se acercaban para auxiliarle. Asintió con agradecimiento que le metieran mano, pero al limitarse a los bolsillos supuso que buscaban algún medicamento nootrópico o smart pill que pudiera aliviar sus dolores o mejorar su nivel cognitivo. Lo cierto es que no fue así y tuvo que resignarse a su maltrecha suerte pues no sólo no le ayudaron, sino que los diez euros que tenía (ya no los tiene) y un cortapuros que le regaló su padrino, Casitón Delcul y Deba, por si algún día decidía fumar, se lo esfumaron ante su impotencia e incontinencia crónica.

P.D. *Aquella fue la penúltima vez que se oyó hablar del "insigne profesor", la última ya habrá ocasión de contarla.*

VI

Experto polemólogo

Por suerte el novio putativo de su prima segunda, la Sta. Carlotamarimar y Monada-Delaconcepción Casivirgen, trabaja (aunque no sea su intención, ni su logro) en la intendencia del bar oficial de suboficiales del misterioso Ministerio de Defensa y Ataque, en donde con tal motivo y mejor oído, se entera de todos los dimes y diretes del personal pendiente de cualificar. Después con puntualidad castrense va y se lo cuenta a Aporhilo de forma coloquial (con el colocón que se cogen) en las plazas y aledaños del botellón.

Al mes de estas reuniones maratonianas (los dos corren la San Silvestre) llegó a presumir y presumía de ser un experto aventajado en el surrealista y necrófilo arte de la guerra, por lo que decidió conectarse a twitter y dar conferencias on-line de polemología en la seguridad de que antes o un poquito después le contratarían como asesor de la

OTAM (Organización del Tratado del Atlántico Maltratado) para la toma de indecisiones secretas (restringidas y sólo conocidas en la red).

Dichas conferencias también se pueden intentar bajar y subir, sin logro alguno, de su colapsada cuenta, poco corriente de internet, abierta sin facilidades mediante garantías deshipotecarias. No obstante, tomándome la máxima libertad y mínima discreción, extracté con tacto uno de sus magistrales y desclasificados apuntes inéditos que conseguí y que recojo a continuación:

"De las armas"

"Los misiles del Eagle IV (de fabricación suiza), 10 ó 12 minutos antes de ser cargados, deberán protegerse y recubrirse con aceite de soja por su alto poder antioxidante. Así en caso de impacto colateral a civiles éstos resultarían muy beneficiados gracias a su alto contenido de isoflavonas (según experimento realizado con 500 conejos que retrasaron, hasta 15 días, su putrefacción). Por idénticos motivos también se aconseja que la metralla, de las bombas con

metralla, así como las balas de los fusiles de asalto M-16 que tiran con bala, se recubran de Omega 3 ó su genérico de alta gama, para garantizar una mejor salud a aquellos que no resulten muertos sino simplemente malogrados".

P.D. No debemos olvidar que de pequeño, en el puente de todos los santos, estuvo un fin de semana con los "boy scouts", lo que le animó, con razón o sin ella, a inscribirse en segunda instancia (en la primera le desestimaron hasta la póliza) en las fuerzas de élite de los Seals. Al no reunir ni un solo requisito de los trescientos veintiocho necesarios (sin que influyera ser miope y de pies planos), fue rechazado directamente por la recepcionista, a quien para aprovechar el viaje le pidió mantener relaciones poco serias y de amor transitorio. A lo que ella no pudo resistirse.

VII

Marinero de agua tibia

Aporhilo siempre fue un apasionado de la navegación, cuya afición genética le venía por parte de una parienta carnal, que siempre aprovechaba la más mínima ocasión para relacionarse íntimamente en vaivenes de charcas costeras o pozas de acantilado, por lo que no se lo pensó dos veces y se enroló en bote-chalupa monocasco de mástil y medio, para participar o no (el patrón era gallego) en el famoso torneo de regatas de navegación oceánica extrema "Yo tampoco sé nadar".

Era la séptima edición. La primera fue suspendida ya que sólo se inscribió la lancha rápida de los narcos y las otras restantes corrieron idéntica suerte al no acudir ni la patrulla costera.

Entre los premios, además del beneficio publicitario que supondría salir en la foto del bar "El colocadiño", abierto las 24 horas para los conocidos alcohólicos anónimos. Había también un importante trofeo consistente en el tradicional flotador de caucho con forma de patit@, pintad@ en acrílico rosa y convertible para matrimonios en trámites de separación o divorcio como era el caso de Aporhilo, aunque todavía estuviese soltero.

Al no haber nadie del comité que diese la salida (ni siquiera la salida de una barra americana, que era sueca y se lo hacía), decidieron arriar vela sin más (sólo había una). En cualquier caso no zarparon antes del bocata de las once y de las siete botellas de Ribeiro de las doce.

Iban ya "colocados" en primer lugar, puesto que no había nadie a popa (ni a proa, ni a barlovento, ni a sotavento), cuando con viento de 32 nudos corredizos y mal hechos, rolaron 96 grados noroeste. Fue en aquel preciso momento cuando, sin saber porqué, recibió del patrón una paliza al pasar por la baliza.

P.D. *Aún hoy, después de 50 años, lo recuerda con emoción y como único trofeo que se llevó para el cuerpo.*

VIII

El genio compositor

Hay que reconocer la vena musical del maestro Aporhilo. Ya desde su más tierna infancia apuntaba maneras aferrándose, con minúsculos dedazos, a la flácida tetilla materna como si fuese una flauta que, a los 3 años de lactancia, decidió convertir de motu propio, por su creciente tamaño y verticalidad, en fagot (sin favor que valga), que con ávida lengüeta hacía vibrar a dos manos entre chupetón y chupetón.

El do agudo final era siempre de la mamá, al ser estimulada ésta con un mordisco de mala leche materna. Dicho acento o contrapunto claramente dramático sería introducido sin éxito (para que nos vamos a engañar), en un ensayo de ópera post-antigua.

Al cabo del tiempo, cuando empezó a toquetearse el violín, siguiendo el método braille, se aficionó a la música de cámara que como su nombre indica y algunos asienten, se solía ejecutar en estancias pequeñas y camas grandes por un trío o "ménage à trois".

También fue muy versado pues escribió en verso un libreto sin encuadernar, del género chico ya que él no era muy grande que digamos.

Entre sus obras de sobra cabe destacar la popular del genero tonto, titulada: *"Al año que viene no me esperes que al igual no vengo"*. En esta misma línea se sitúa su principal y más famosa obertura: *"Anda y vete por ahí, que por aquí al igual tampoco te van a ver"*.

Ninguna de las dos llegaron a estrenarse pero estuvieron a punto y aparte. Además tampoco se encontraron intérpretes, propiamente dichos, que se quisiesen lucir.

P.D. Por todo ello y por muchas cosas más, habrá que esperar varios lustros para que se produzca una innegable reivindicación y reconocimiento expreso a este gran genio que dio siempre la nota.

IX

El manifiesto

Por el año 2002 de nuestra era (hace ná, como quien dice), se reunieron 197 intelectuales de alto nivel (el más bajo 1,75 cm.) para, en su última manifestación democrática, firmar un manifiesto fascista que llamaron por unanimidad: "Manifiesto unánime", ya que todos se manifestaron en contra.

En el mismo ya se reiteró que la ley está encima de todos, y a su tenor se argumentó su hecho y razón probatoria en un alarde jurídico (que no creó jurisprudencia hasta ese momento).

Como cabía esperar, entre los firmantes no faltó el disidente intelectual **Aporhilo**, galardonado con el *Premio Noble de la Paz o Qué*. Se lamentó y excusó, a través de su representante chino **To Liao**, por no estar presente el día de la entrega de tan reconocido galardón, ya que se encontraba como turista "non grato" en la guerra de *Iranynovolverán*.

Fue allí, varios kilómetros antes de las líneas retorcidas de la retaguardia, en donde pudo ver con sus propios dos ojos (la verdad es que con el de cristal no vio nada), así como reconocer tristemente, pues faltaba la alegría de la huerta, que no había libertad de reunión, ya que mientras unos pocos pretendían acercarse para matar o lo que es lo mismo: *para darles matarile*, los otros se alejaban y/o viceversa.

En este escenario bélico, uno con gorra (claro está), le preguntó la hora del día anterior pero como ni hablaba, ni escribía, ni leía el árabe, ni pudo explicar por señas que era simplemente un inocente y malogrado hombre del tiempo que pasaba por allí de casualidad, le metieron en prisión, le torturaron y como Alá manda, le dieron con todo lujo de útiles y posturas hasta en el cielo de la boca. Pese a ello nunca llegó a perder la razón, gracias a que no la llevaba encima, pues le había desaparecido misteriosamente en el armario cerrado, a cal y canto, de su casa unifamiliar (sólo entraba uno).

En espera de juicio se quedó en la cárcel 5 años y un día largo, en los que le lavaron el celebro y las axilas.

Cuando por fin le fueron a juzgar y aprovechando que el tribunal popular salía a desayunar en un receso, él haciéndose el tonto (lo que logró sin esfuerzo) aprovecho también la gastronómica ocasión para salir y aún le están esperando, pues dejó una nota que decía: "esperadme sentados que al ratito vuelvo".

A su regreso patrio (en una patriera), aunque ello le resultase muy duro, quiso hacer saber a occidente en un artículo publicado en el diario *"La que se va a armar"*, la grave vulneración del precitado derecho esencial a la libertad de reunión de todo ciudadano, aunque viva en la ciudad y sea calvo (¡ya está bien¡). Según consta, todo ello y más, en los anales (sí, anales) de la Historia.

P.D. Actualmente vive autoexiliado en Cogolludo de Narices (París le venía grande), ensayando su fascinante libro de ensayos sobre la misteriosa desaparición de la razón perdida.

X

La cabeza de barro

(Basada en hechos reales)

Érase una vez, y es así que así fue, que en las lejanas tierras del país de "Irás y a saber si volverás", existía una cabeza de barro, agrietada por la frente, que hablaba chino y tagalo.

Cien científicos de distintas partes del mundo salieron en su busca con un pasito hacia adelante y dos pasitos hacia atrás, pero como así no hay quien llegue a ninguna parte, decidieron regresar a sus casas.

Menos mal (pero mal, en cualquier caso) que el Presidente de la Fundación (sin ánimo de lucro para terceros) "Noosloverá" y tú no lo catarás, decidió y aprobó por su acuerdo presidencial y unánime, viajar en expedición al desconocido país con toda la familia y amiguetes: 13 con miembro viril (2 más sin miembro), las esposas semivitalicias de los susodichos, los hijos seminaturales y los semiyernos putativos (en total 43 sólo), a gastos pagados en morrobusiness class, y todo ello, claro está, (aunque no parezca tan claro), para testificar el magno acontecimiento.

En el viaje se encontraron fantasmas con sábanas de lino (en invierno de cashmere), gnomos japoneses reivindicando bonsáis para el bosque, también a la diosa Proserpina después de su cambio de sexo y a mendigos que pedían autógrafos para prevenir el colesterol (asegurando así el futuro de sus descendientes). Destacamos igualmente que coincidieron con Heidy arrancándose los pelos porque Marco, en un tropiezo, se enamoró de la cabra.

P.D. Vieron todo ello y mucho más. Pero lo que no vieron fue la cabeza de barro, agrietada por la frente, que hablaba chino y tagalo.

Peregrinación

Los martes 13 y/o viernes 13 y medio si son años bisiestos, se reúnen mogollón de peregrinos extranjeros y todos a una, o a la de tres, se sumergen como vinieron al mundo (puro vicio) en la famosa cascada "Aguavá", desde una altura de 13 metros, o 13 y medio en los no bisiestos,

Allí se ponen de H2-O hasta las trancas, en la creencia de que cuanto más beban menos sed tendrán, si algún día van al desierto.

Los no ahogados (prueba superada), previa jartá de "hierbas", entran en éxtasis y comunicación directa con Aporhilo: profeta intermediario entre los más pallá que pacá y un ser supremo.

Cabe destacar, entre los hechos que le confirman como "elegido" y dotado de facultades "para anormales", que ya a los nueve meses previos a su nacimiento visualizó, con todo lujo de detalles, a su papá sobre la tabla de la plancha planchándose a la señora de la limpieza (su mamá).

Como por aquellas fechas ya existía Dios, por lo menos eso le dijeron, se vio privado de ser el primero en comunicárselo a los de este mundo (los alienígenas, que le presentaron por casualidad, no lo sabían).

En su última revelación, dijo que sólo serían válidas e indisolubles (lo que no pasa con el azúcar) las parejas de a dos, con independencia de sexo o especie, que hubiesen sido contraídas vía on line. Asimismo les conminó a suscribirse a su antivirus por ser el único eficaz contra ibéricos de bellota y troyanos de recebo como Follameyakis, que actuaba en las días de cuarto menguante y noches de sol creciente, atacando o destruyendo a cursis y cursivas (con independencia de edad, tamaño y profesión). Y para aquellos que quisiesen tener descendencia a través del WhatsApp, les recordaba que debían pagar ya (o de forma inmediata) la cuota correspondiente (una pasta) a la suscripción de su página http:*//Aporhilo profeta en pruebas punto com.* Los seleccionados (todos, claro está) a dedo pulgar, disfrutarían de sus vástagos en el más allá y en formato 3D y full HD.

Terminado el acto y en medio, más o menos, de la histeria colectiva, se fue por donde no había venido. Y hasta otra.

XII

Artista sublime

Aporhilo, a comienzos del año compostelano, cuando apenas llovía y con fiebre, decidió convertirse en artista y participar, bajo mínimos, por cuenta propia y sin que nadie se lo pidiese, en la exposición internacional "*Globalización de ombligos postmodernos*".

Para tan magno acontecimiento fueron seleccionados más de 69 artistas de otros tantos países, tres de ellos sin decoro y en zona de rescate.

En la inauguración se presentó, por si se alargaba la fiesta, con un pijama a rayas negras (las blancas estaban incluidas por defecto de fábrica). Al no llevar la pajarita, exigida para el evento, se ató al cuello el canario que pidió prestado al conserje del edificio. Aunque en ningún momento cantó, hizo "mucha mierda" que en definitiva es lo que da suerte a cualquiera que se tenga por artista e incluso a él mismo.

Su obra integral que tituló "*10 x 1 = 51*" fue repintada, sobre paños de pelo en pecho y bastidor traslúcido hasta la cintura. Constituyó un hito, un ejemplo insatisfecho, cuya técnica desposeída fue aplicada, por primera vez, para asombro del propio y de conocidos extraños.

La revista de hojas secas "ArtAluego", de sospechosa inclinación cultural, le destacó como el primer artista que lograba, mediante registros de naturaleza poética, describir y representar a nueve mariposas y una polilla, profundamente sexista, recorriendo entre vuelos rasantes, una ciudad deshabitada, apenas sin ruidos, con acordes de violín para bailar un solo entre la tenue luz de las sombras. Aunque su fantasía pictórica -añadía un intelectual- se alimenta exclusivamente y sin lugar a dudas del mimetismo español, sin precedentes en el tiempo venidero cada vez más próximo a la complejidad vanguardista de dos amantes sureños recién paseados por la sexta encrucijada del Park Avenue.

Fue por allí también cuando de manera casual, decidió dejar la pintura y hacerse poeta de agua dulce contaminada. Puedo recordar, pero no quiero, que quizá estemos hablando de finales de la primavera de ese mismo año.

Que lástima, como diría el otro, porque siendo calvo y con peluca en aquel entonces, le arrastró el verano por los pelos hasta bien entrado el otoño. De lo contrario, igual estaría dando recitales en invierno. Y sinceramente no sé yo que hubiese sido peor.

<h1 style="text-align:center">XIII</h1>

El cuarto menguante

Aporhilo nació por nacer, aunque de esto hace ya tiempo, descalzo de los dos pies y sin intenciones. Para más señas de identidad, cabría decir que luce a mitad del omoplato izquierdo, como antojo del azar, una aceituna rellena de rica anchoa.

Comunicador telepático y cariesmático (cuatro caries).

Madrugador. Siempre tuvo por costumbre levantarse un día antes, por lo que pudiese pasar, acostándose inexorablemente a las tres, a la voz de: ¡A la una, a las dos y a las ...Zzzzzzzzzz !.

En la noche del cuarto menguante se despertó sobresaltado por un cuerpo polimórfico cuya silueta, recortada en la penumbra, se deslizó hasta el cabecero de su cama y con voz ronca del más para allá, le susurró en uno de los oídos: *"Serás afamado detective, a pesar de no tener gafas de recambio"*.

Con voluntad inalterable y acuciante de cumplir su destino se echó a la calle mas rápido que otras veces y como vivía cerca del cementerio no fue de extrañar que percibiese algo que no le olía nada bien (pestazo). En principio pensó, aunque pudo evitarlo, en alguien suelto y con apretón, pues había rinconcitos muy inspiradores al efecto. Tras pesquisas posteriores observó que los efluvios, casi obscenos, partían de una fosa compartida, por lo que sin perdida de mucho tiempo (el imprescindible para tomar unos churritos con chocolate), se acercó al juzgado de instrucción para pedir no sólo instrucciones, sino también la exhumación de uno de los cadáveres, que según libros apócrifos yacía mortus. Allí, en la antesala y porque así lo quiso el destino, se topó con la vecina del cuarto que compartían en el segundo. Era la amante secreta (secretaria) de Su Señoría con quien, a eso de las doce, hacía un receso para bastantear el filete que se daban.

Gracias a su intervención fue analizado y diseccionado el presunto, a quien le extrajeron, con manos expertas, un cuchillo camuflado entre la costilla segunda y tercera empezando por atrás. También le hallaron una copa de anís del Mono con restos de botellón, por lo que al dar positivo a la prueba de alcoholemia (sin tener en cuenta la chapa de cerveza en el intestino delgado), le retiraron el carnet de conducir y, en cumplimiento de la ley escrita, le quitaron de la hernia inguinal los dos puntos que le quedaban.

En diligencias previas, sin tomarle declaración y en base por altura (partido por dos) al derecho constitucional de guardar silencio, se tuvo su callada por respuesta. Es de justicia decir que se intentó, sin suerte alguna, interrogar a los difuntos no incinerados, pero lo que fundamental, evidente y a mayor abundamiento se obvió (por rotura de la cadena de custodia), fue el hecho de detectarse, mediante corte sagital, residuos de zanahoria dulce estimulada.

Por todo ello, atendiendo a la especial naturaleza de los muertos, y vistos los preceptos legales no citados y demás de impertinente aplicación, en el semi fallo de la Sentencia, extralimitándose a la petición del Misterioso Fiscal se estimó, sin preámbulos, el típico asesinato en serie XL.

Desde entonces, firme la sentencia, se acordó la búsqueda y captura del supuesto asesino, por si no hubiese ido a ninguna parte y siguiese suelto de atar.

NOTA: Cualquier pista cotejada o careada con el interfecto (decía un Otrosí Digo) se gratificará en especies por el o la diputado/a de turno, según reparto.

XIV

Del arte culinario

"Tortilla Alantojo"

,,,para distintos sexos, sexas o sexes .

Ingredientes incompletos:

3 Kg. de plátanos (1 menos si son canarios que no cantan).

3 o 4 Kg. de patatas con rabo largo por si cambia el tiempo. ¡Dios no lo quiera!

6 hojas de perifollo irrepetible, para un contrapunto fresco y volátil

Cebollas pa llorar (o algunas más pa un berrinche, si no te miran).

12 huevos de gallo XL de distintas nacionalidades (preferentemente de pelea).

1 Kg. de aceitunas de hueso blando y sin pronóstico.

Sal, por si alguien, nunca se sabe, quiere entrar.

Y al término: Varios pulpitos de tinta china (para artículos de prensa especializada).

Elaboración excluyente:

- Al inicio –y sólo si se madruga–, tragar un puñado de aceitunas verde esperanza. (Al día siguiente, meter los huesos residuales en la nevera para su conservación).
- Machacar a dos manos las olivas restantes para conseguir, si la aprendiz es mocita de mirada altiva, aceite de oliva virgen de su primera mano. Después viértalo, sin pena ni gloria, en la sartén como si tal cosa, mariposa
- A continuación, con el aceite hirviendo (la temperatura debe comprobarse sólo con un dedito y si no es el suyo, mejor que mejor) meter los plátanos sin pelar empezando por los maduros. Se distinguen enseguida por su mayor experiencia. Cuando estén a punto de nieve sustituirlos por las patatas, lo que sin duda producirá un toque denso para contrastar emociones de absoluta transparencia.
- Añada (del 95) la totalidad de los huevos visibles. Es importante que se incorporen desde lo alto del fregadero, poniendo cuidado especial en

desechar los que no hayan cascado y vengan con pollo tierno o coleante. ¡Aunque no era eso lo que quería decir!

- Una vez sal-pimentado, sepárelo todo a un lado y si se encuentra con inspiración suficiente, pele las cebollas como si se las fuese a comer y póchelas. Si están pochas no se preocupe, nadie se lo va a echar en cara y menos aún el perifollo que está esperando en remojo su destino incierto e imprevisible.

- ¡Ya casi lo tiene! Solo le falta ponerlo todo a fuego de sarmientos, dejarlo reposar el tiempo necesario y si no le parece suficiente, puedo animarle a que se depile las cejas e improvise.

- Se preguntará qué hace con los pulpitos. Yo también me lo pregunto. Una de las opciones sería ponerlos como centro de mesa y así tocarían a más.

Su tinta malograda también podría utilizarse, posteriormente, para el gotelé. ¡Digo yo!

Emplatado:

No es necesario en esta receta, aunque si los pulpos siguen vivos se les puede emplatar, tal cual, como centro de mesa.

Otras recomendaciones:

.....Sin necesidad de aditivos se aconseja, aunque lleve plátano, su consumición inmediata, a toda clase de sexos (no se excluye al sexo sentido)

Al menor síntoma de mal estado (temblores convulsivos, taquicardia paroxística, vómitos innecesarios o ganas imperiosas de insultar), debe solicitar al personal cualificado que le administren en vena algo de las sobras. Si no quedase nada, deberán repetir la receta, aunque podría ser suficiente media ración.

(Aporhilo:Top chef con tres michelines).

XV

Bodega sin licencia

Como me sobraba tiempo para caminar y no parecía que fuese a llover, ni siquiera por asomo, ni por ser verano, me fui hacia la Ribera del Suelo que es tierra de viñedos, sobre todo en zona de Bebidas del Campo de donde nacen los mejores caldos Vip de uva fina, uva normal.

Allí, ebrio del paisaje y de tres botellas de verdejo bebidas entre pecho y espalda, surgió como de la nada (-¡Gracias! -¡No hay de qué!) la bodega de Vivapozuelos del Medio que, según cuentan (por contar hasta tres y sin que venga a cuento), llegó a poseer un viñedo de 476 metros cuadrados (más bien menos, que más bien más) sin medir los soterrados, ni los aéreos. Lamentablemente, por pingües repartos hereditarios según lenguaraces del lugar, quedaron reducidos a 96, de ahí que la bodega de efluvios modernos se hiciese vertical, y cerrada a cal y canto por bulerías.

Aunque no lo he comentado todavía (siempre lo digo al principio), es importante saber que estuve suscrito en un master de diez añadas (incluidos algunos sábados de guardar) para intentar adquirir el título de despalillador, aunque la verdad (para que mentir si no hay necesidad) es que ni me despalillé, ni me despalillaron

Ahora que lo pienso tampoco conseguí (por culpa de una mano tintada, pues no era negra del todo) el de sommelier, a cuyo curso intensivo de vinos de Pago me apunté gratuitamente durante las doce últimas ediciones. Todo ello avala, sin lugar a dudas, mi gran profesionalidad y alta cualificación.

Pero bueno, lo importante y a lo que iba, es que en la visita guiada (en reducidos grupos de a uno) me dieron a catar su único vino reservado. Potente en boca, de aroma intenso destacando, en el aliento de la informante, los florales, con matices ácidos y pestosos, hasta cortar el retrogusto. La lágrima, por demás, llorosa con tonalidad poco amable y triste.

En definitiva, por último, por brevedad y no sólo por fastidiar, si les falta tiempo y llueve, recomiendo la visita guiada y sus excelencias, previo pago de 100 euritos que, sin necesidad de entrada gustosamente podrán abonarme

– ¡Buenas tardes y Gracias!

– !Adiós, adiós¡ y mucha gracia para usted también.

EL ORÁCULO DE APORHILO

– Maestro, ¿cómo puedo
burlar a la muerte?
– "Despertándote cada
día, aunque sea tarde
,,,querido Aporhilo".

– Maestro, ¿dónde están
mis seres queridos?
– "En tu corazón
,,,querido Aporhilo".

– Maestro cuando muera
¿sabré que he vivido?
– "¿Acaso ignoras
que has nacido?
,,, querido Aporhilo".

– Maestro, ¿dónde están
las aguas del olvido?
– "En abismos del recuerdo
,,,querido Aporhilo".

– Maestro, ¿dónde
se conjuga el tiempo?
– "En los sueños
,,,querido amigo".

– Maestro, ¿cuál es
la peor mentira?
– "La que te crees
,,,querido Aporhilo".

– Maestro, ¿hasta cuándo viviré?
– "Hasta que dejes de ser presente
,,,querido Aporhilo."

– Maestro, ¿dónde se
encuentra la felicidad?
– "Dentro de ti
,,,querido Aporhilo".

– Maestro, ¿llegaré a
conocer el futuro?
– "¡Da tiempo al tiempo!
,,,querido Aporhilo".

– Maestro, ¿dónde está
la felicidad?
– "Detrás de una sonrisa
,,,querido Aporhilo".

– Maestro, ¿llegaré a ser
inmortal, como los dioses?
– "¡Ya lo eres! La vida,
es la inmortalidad
,,,querido Aporhilo".

– Maestro, hoy ha muerto
un ser querido, ¿qué puedo
hacer?
– "Amarle, para que
siga existiendo
,,, querido Aporhilo".

– Maestro, ¿cuál es
mi grandeza?
– "Ser un espermatozoide
desarrollado
,,,querido Aporhilo".

– Maestro, ¿qué es el tiempo?
– "Una entelequia integrada
en el espacio
,,,querido Aporhilo".

– Maestro, ¿con qué pagaré
todo lo que se me ha dado?
– "Con la vida
,,,querido Aporhilo".

– Maestro, ¿cuál es la lucha
más cruenta?
– "La que libras contigo mismo
,,,querido Aporhilo".

– Maestro, ¿dónde
está mi peor enemigo?
– "Junto a tu tristeza
,,,querido Aporhilo".

– Maestro, ¿cómo puedo
reírme de mi propia sombra?
– "Poniéndote al sol
,,,querido Aporhilo".

– Maestro, ¿cuándo se va
la inocencia?
– "Cuando llega el desamor
,,,querido Aporhilo".

– Maestro, ¿qué día es hoy?
– "Un día de tu vida, irrepetible, eterno ya
,,,querido Aporhilo".

– Maestro, con esta voz ¿crees
que iré a Eurovisión?
– "De oyente
,,,querido Aporhilo."

– Maestro, me aconsejan que no ande con la moto, ¿qué puedo hacer?
– "Subirte en ella
,,,querido Aporhilo."

– Maestro, si robase un banco
¿qué me pasaría?
– "Que podrías sentarte en él
,,,querido Aporhilo".

– Maestro, ¿cuándo es tiempo
para llorar?
– "Cuando no puedas, con palabras,
expresar tu tristeza o tu alegría
,,,querido Aporhilo".

– Maestro, ¿dónde
se esconde la ira?
– "Junto al odio
,,,querido Aporhilo"

– Maestro, ¿qué permanece?
– "El pasado inmutable
,,,querido Aporhilo".

– Maestro, ¿cuál es
el camino más corto?
– "El que dejas atrás
,,,querido Aporhilo".

– Maestro, ¿puedo recuperar
el tiempo perdido?
– "Sólo cuando lo encuentres
,,querido Aporhilo".

– Maestro, si la vida es parte
de la muerte, ¿qué es la muerte?
– "Parte de la vida
,,,querido Aporhilo".

– Maestro, ¿cómo se
puede encontrar a Dios?
– "Buscándole
,,querido Aporhilo".

– Maestro, si sueño con
palomas ¿qué significa?
– "Que estás durmiendo
,,,querido Aporhilo".

– Maestro, si el sentimiento
es la expresión del alma, ¿mis
perros tienen alma?
– "¿¡Acaso no se alegran cuando te
ven y lloran cuando te marchas!?
,,,querido Aporhilo".

– Maestro, ayer me
llamaron viejo loco.
– "No eres viejo
,,,querido Aporhilo".

– Maestro, comí las golosinas
que me regaló el veterinario
y estoy que muerdo.
– "No eran para ti
,,,querido Aporhilo".

– Maestro, ¿por qué existe
la muerte?.
– "Para que pueda existir la vida
,,,querido Aporhilo".

– Maestro, ¿por qué creo en Dios?
– "Porque Él todavía cree en ti
,,,querido Aporhilo".

– Maestro, ¿soy responsable
de mis actos?
– "Tu mente es consciente de los
actos, pero es el inconsciente
quien condiciona dichos actos
,,,querido Aporhilo".

– Maestro, ¿qué es amor?
– "La recompensa a tu generosidad
,,,querido Aporhilo".

– Maestro, ¿qué es mejor: ver,
mirar u observar?
– "Ve, lo que te guste,
mira, lo que te guste ver
observa, lo que te guste mirar
,,,querido Aporhilo".

– Maestro, el psiquiatra
ha dicho que estoy loco.
– "Fuiste al peluquero
,,,querido Aporhilo".

– Maestro, ¿por qué un cinturón
de cocodrilo es tan caro?
– "Porque hay pocos cocodrilos
que lo tengan
,,,querido Aporhilo".

– Maestro, ¿qué es lo
mejor y lo peor de mí?
– "Tú mismo
,,,querido Aporhilo".

– Maestro, ¿hay algo que no
pueda llegar hacer?
– "Todo aquello que ya hiciste
,,,querido Aporhilo".

– Maestro,¿quién soy yo?
– "Un ser único e irrepetible
,,,querido Aporhilo".

– Maestro, mi cuerpo
está herido.
– "Pero no tu alma
,,,querido Aporhilo".

— Maestro, de algunos
días no recuerdo nada.
— "Los días perdidos
no tienen memoria
,,,querido Aporhilo".

– Maestro, me dicen que
no tome el café solo,
– "Pues ve con alguien
,,,mi querido Aporhilo".

– Maestro, ¿cómo puedo
alargar los días?
– "Acortando las noches
,,,querido Aporhilo".

– Maestro, ¿dónde está el
premio o el castigo de la vida?
– "En la muerte
,,,querido Aporhilo".

– Maestro, ¿qué es el mar?
– "El cielo bajo el agua
,,,querido Aporhilo".

– Maestro, ¿cuándo llegaré a viejo?
– "Cuando, por laderas del
atardecer, dejes de sentirte joven
,,,querido Aporhilo".

– Maestro, ¿qué melodía
me conviene escuchar?
– "La que configure latidos
de tu corazón
,,,querido Aporhilo!"

– Maestro, ¿cómo se consigue
la independencia?
– "Tras el último suspiro
,,,querido Aporhilo."

– Maestro, pienso que
me queda poco de vida.
– "Entonces, celebra
cada instante y ama
,,,querido Aporhilo".

– Maestro, en un gallinero
¿quién pone el horario?
– "La gallina ponedora
,,,querido Aporhilo"

– Maestro, ¿hoy será un día inútil?
– "No, si amas
,,, querido Aporhilo".

– Maestro, ¿dónde están
las aguas del olvido?
– "En abismos del recuerdo
,,,querido Aporhilo".

– Maestro, ¿cuándo es tiempo
para llorar?
– "Cuando no puedas con palabras
expresar tu tristeza o tu alegría
,,,querido Aporhilo"

– Maestro, ¿cuál es la
ciencia más exacta?
– "Acaso la poesía
,,,querido Aporhilo."

APORHILISMOS & EPIGRAMAS
,,,o viceversa por si acaso

Sé humilde
si eres el primero,
porque se lo debes
,,,al segundo.

Olvida el pasado,
vive el presente
,,,y sueña el futuro.

Quien sólo oye tus palabras
no escucha
,,,tus pensamientos.

No dejes de amar,
para que la muerte
te encuentre
,,,vivo.

La tristeza
se mide por suspiros,
el dolor
,,,por lágrimas.

Todos somos
generosos,
algunos incluso
,,,en vida.

Quien muere por Dios,
es un mártir.
Quien mata por Él
,,,es un asesino.

A veces, los poemas
incomprensiblemente
,,,se marchitan.

Si supieras dónde está
el tiempo perdido,
sabrías dónde se esconde
,,,la eternidad.

Cuando bebo, todos
están borrachos
,,, menos yo.

Si es verdad que no
es verdad o si no es
verdad que sea verdad:
será mentira;
pero si es mentira
,,,será verdad.

La vida es tan breve
que no da tiempo
,,,a vivirla.

Detrás de la puerta
,,,no hay horizonte
(excepto si es giratoria).

Eres más joven
que mañana
,,,aprovéchalo.

La mejor rúbrica
de una mirada
,,,es su sonrisa.

Al perder la memoria
se olvidó de amar
,,,y empezó a morir.

No trabajes en domingo
,,,salvo si cae en lunes.

El móvil es mascota fiel
a la que escribes,
escuchas
,,,o hablas.

Da alegría
y se curará
,,,tu tristeza.

Para volar alto,
cierra los ojos,
para tocar tierra
,,,ábrelos.

Las aguas del recuerdo
,,,van a mares del olvido.

Si estás despierto
,,,sueña.

Limosna sin amor
,,,es humillación.

No por hablar más alto
,,,van a escucharte las piedras.

Sé feliz, salvo
que se te ocurra
,,,algo mejor.

Ve contracorriente,
si no quieres acabar
,,,en el mar.

A quien nada da
,,,nada le pidas.

Fin y principio
son un mismo
,,,instante.

No se puede dar
,,,lo que no se tiene.

No por cacarear
vas a poner
,,,un huevo.

Que tu espejo sea
,,,el más alegre.

Para que tus días brillen
,,,no necesitas del sol.

Los frutos de la vida
se recolectan
,,,en la vejez.

Cuando apenas
pueda andar
mantendré la ilusión
,,,de volar.

Ríe para ti y sonríe
,,,para los demás.

El musgo renace
,,,bajo la lluvia.

Lo importante
de la vida
,,,es vivirla.

Deja de soñar
,,,y vive tus sueños.

Celebra cada día
sin lamentar
,,,su marcha.

Envejecer es nacer
,,,cada día.

El tiempo no envejece,
solo nace
,,,y muere.

Elige tu camino,
el subconsciente
,,,elegirá tu destino.

Sigue sonriendo
hasta que la niebla
cubra tu tristeza
y la lluvia
,,,tus lágrimas.

También murió
la primavera
y nacerá cada año.
...Te esperaré.

No llores la muerte de un poeta,
al fin y al cabo resucitará
,,,en cada verso.

Una novela se
escribe para otros,
la poesía
,,,para uno mismo.

Vive y podrás
,,,envejecer.

Ríe y la vida
,,,te sonreirá.

La música tiene su ritmo
,,,en el alma

De la mano de Dios
,,,nadie se pierde.

Las cicatrices son recuerdos
,,,hirientes.

Aunque no veas
tu alma en el espejo
,,,no dejes de mirarla.

Sólo se puede subir
,,,desde abajo.

Si estás perdido
,,,no corras.

La muerte tendrá sentido
,,,si lo tuvo la vida.

Se almacena tanto
en la memoria
que cuesta recuperar
,,,sus archivos.

Lo importante no es dar,
sino el amor
,,,con que se da.

Lo que te guste ver
,,,míralo,
Lo que te guste mirar
,,,obsérvalo,
Lo que te guste observar
,,,contémplalo.

El fado canta
,,,su lamento.

Aullaron mis perros
,,,al verme llorar.

Que tu mejor día
,,,sea hoy.

En la guerra
siempre eres tú
,,,el enemigo.

Quien conoce la tristeza
,,,valora la alegría.

No pidas a tu mascota que hable
,,,simplemente escúchala.

La depresión atrapa
gritos de tristeza
,,,ecos de suicidio.

Los espejos son cristales
,,,presumidos

Ser feliz es superar
,,,las expectativas.

Cuida tu tiempo
mientras él
,,,cuide de ti.

El ser humano
–a veces–
,,,es humano.

Si yo fuese tú
y estuviese en mi lugar
,,,qué de cosas haría.

Da y serás feliz dos veces,
porque la vida
,,,te lo devolverá.

Lo que enriquece
,,,no tiene precio.

Sólo hay amores de infarto
,,, si se quiere de corazón.

Las águilas, al morir
,,,abandonan el cielo.

Las sombras alargan el atardecer
,,,para acortar la noche.

Los gusanos miden la tierra
,,,palmo a palmo.

Cuando termina la vida
,,,sólo queda la existencia.

Si la tierra se mueve
,,,no puedo estar inmóvil.

Cuando se van las ilusiones
,,,vuelven los recuerdos.

En guerra
¿,,,se puede morir en paz?

Las nubes son
,,,de lágrima fácil.

Si el tiempo no se detiene
¿,,,dónde está el presente?

La vida sin ilusión
,,,camina con pasos perdidos.

El alcohol alarga euforias
,,,y despierta olvidos.

Ve a contracorriente
,,,que la vida no te arrastre.

Si el horizonte está a mi espalda
¿,,,cómo podré alcanzarlo?

Los árboles susurran con la brisa
,,,hablan con el viento.

La niebla esconde
,,,mariposas blancas.

Las sombras se ocultan
,,,detrás de la luz.

Al llover
,,,los pájaros lavan sus alas.

Siempre sonrío
,,,cuando niego mi tristeza.

Sólo llevarás de este mundo
,,,lo que guardes en el alma.

Soy eternamente cambiante
,,,no puedo conocerme.

Al sembrar flores en la charca
,,,los agujeros se tapan.

El río corre desfiladeros
,,,descansa llanos.

Cuando duermo
¿,,,dónde se oculta el tiempo?

Cuando el sol no madruga
,,,se acortan los días

Si llamo a Raftán, mi otro perro
,,,me da con su pata.

Las estrellas se ocultan
,,,del amanecer.

Creo en Dios y cuando muera
,,,creeré en el Hombre.

Los pájaros escriben con plumas
,,,versos en el aire.

El fanático hace posible
,,,las guerras.

¿Qué sería yo sin las palabras
,,,que me ocultan?

Los espejos me mienten
,,,cuando los miro.

Dios se hizo hombre
para poder nacer
,,, y morir.

Me empeño
en lo que podía haber sido
,,,y no soy.

La guitarra guarda su música
,,,bajo cuerda.

El loco confunde risas
,,,con llanto.

El tren de la vida
,,,sólo llega hasta la muerte.

El amor es presente,
sin otro tiempo
,,,ni engaño.

Solo nos iguala el origen
,,,y el destino.

Penas y alegrías cincelan
,,,rostros y manos.

El fuego quema los labios
,,,del aire.

Si Dios no existiese
,,,me quedaría la fe.

Para volar alto
,,,ve contra viento.

Escribe
,,,para conocerte.

El traje de la vida
,,,no puede alargarse.

La felicidad se desvanece
,,,para seguir buscándola.

El sendero de las hojas
,,,lo traza el viento.

El final
¿,,,dónde empieza?

No te rías del bien ajeno
,,,también te puede pasar a ti.

Frente al sabio,
uno se siente necio
,,,excepto el de nacimiento.

Levántate un día antes,
si quieres vivir un día más
,,,pero adviértelo.

Si andas de espalda
,,,no mires de frente.

La memoria es la única capaz
,,,de olvidar.

Bajo el sol no busques
,,,las estrellas.

La voz es la respuesta
,,,al silencio.

El sabio solo existe
,,,entre los necios.

La vida es la antesala
,,,de la eternidad.

No te lleves la contraria
,,,aunque hables solo.

Cuando se rompe un espejo
,,,todo se multiplica.

Susurra cuentos
,,,para gritar ilusiones.

Si hablas con Dios
,,,escúchale.

La mentira es otra versión
,,,de la verdad.

Dios se hizo creador de sí mismo
,,,para no dejar de ser Dios.

Atrapa sueños y serás
,,,profeta o necio.

Admirar y amar
son verbos complementarios
,,,como odiar y matar.

Mientras envejece el cuerpo
,,,va madurando el alma.

Los peces borran sus huellas
,,,mientras nadan.

Con mar en calma,
los barcos amarran
,,,en el horizonte.

Mi reloj tiene un tic-tac
,,,devorador de tiempo.

Para morir con la noche
,,,hay que renacer con el día.

Cuando se van las ilusiones
,,,regresan los recuerdos.

Las nubes son
,,,de lágrima fácil.

La vida sin ilusión
,,,camina cabizbaja.

Ve contracorriente
para que la vida
,,,no te arrastre.

Los árboles hablan con la brisa
,,,susurran con el viento.

La niebla esconde
,,,mariposas blancas.

Las sombras se ocultan
,,,detrás de la luz.

Al llover, los pájaros lavan
,,,sus alas.

Sigue aprendiendo
para compensar
,,,lo que vas olvidando.

Soy eternamente cambiante
,,,no podré conocerme.

EL día de su cumpleaños
,,,solo cumplió un día.

Al pensar en ti
,,,me olvidé de mí.

El silencio habla
,,,sin palabras.

El pasado existe en la memoria
,,,el futuro en el pensamiento.

La felicidad se esconde
,,,detrás de una sonrisa.

PANTEÓN de los APORHILO

Aporhitafios

†††

Cementerio "Las alegrías"
,,,abierto por defunción.

Mármoles "La Pitonisa"
,,,predecimos tu destino.

"Seguros RIP"
,,,garantizamos tu defunción.

Sepulcro insonorizado
,,,silencio absoluto.

†††

No dejad de amarme
,,,y seguiré existiendo.

Os espero
,,,sed puntuales.

†††

Si ves un gusano no lo beses
,,,tampoco lo pises.

Pasó a mejor vida
,,,por su mala vida.

Podéis hablar alto
,,,tampoco soy cotilla.

El tiempo todo lo cura
,,,a ver si es verdad.

No estoy para bromas
,,,ni para nadie.

✝✝✝

Contamos contigo
,,,no lo olvides.

Reservado fumadores
,,,o acompañantes.

Prohibido barbacoas
,,,de carne.

Compartiría nicho
,,,con vegetariana.

Adelgazamiento progresivo
,,,total garantía.

†††

Estoy aquí
,,,por andar por ahí.

Planta de reciclaje
,,,100% ecológica.

†††

Vivió nada más
,,,y nada menos.

Solo residentes
,,,no hay hoja reclamaciones.

Aquí no trabaja nadie
,,,descanso para los restos.

Hoy por mí
,,,mañana por ti.

†††

Club de jubilados
,,,no importa la edad.

Alargó la vida
,,,sin acortar su muerte.

†††

Ya no soy
,,,ni mi sombra.

Aquí a listo
,,,no hay quien me gane.

Su seguro de vida
,,,no fue seguro.

No se admiten perros
,,,sin bozal.

†††

No me esperes
,,,ya te espero yo.

Fue mortal
,,,hasta su último día.

†††

Aquí no se levanta
,,,ni el de la próstata.

Abono ecológico
,,,pesticida incluido.

Más allá de la vida
,,,no hay horizonte.

Un difunto que
se precie como tal
,,,siempre lleva chofer.

†††

Un buen esqueleto
,,,conserva los implantes.

No perdió la fe
,,,solo la vida.

†††

Lo que la vida te da
,,,la muerte te lo quita.

Para tranquilidad de todos
,,,no hay recogida de residuos.

Descanso
,,,jornada completa.

Rebajas hasta un 80 %
,,,en dentaduras y prótesis.

†††

Perdió la bolsa y la vida
,,,y se retiró del juego.

†††

Viaje fin de carrera,
estancia incluida
,,,en literas.

†††

No sufras por la muerte
,,,alégrate por la vida.

Hay hueco para todos
,,,no os preocupéis.

Experiencia irrepetible
,,,incluye la vasectomía.

No cuentes conmigo
,,,haz tu vida.

†††

Si no encontraste la felicidad,
tendrás toda la eternidad
,,,para buscarla.

Oficina del paro
,,,puedes ir apuntándote.

†††

Huelga de hambre
,,,por defunción

**Régimen cerrado
,,,las 24 horas.**

El último reproche de la vida
,,,la muerte.

Nichos antiestrés
,,,modelos garantizados.

†††

Comió bellotas
,,,por San Martín.

No vengas en ayunas
…puedes comer fiambre.

✝✝✝

No vivas con tanta prisa
,,,llegarás a tu hora.

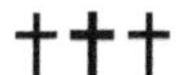

Murió de infarto
,,,por amar de corazón.

En la guerra
,,,nadie muere en paz.

¡Atención!
Paso sin barreras
,,,ni retorno.

†††

Quién me ha visto
,,, y quién me ve.

Que no decaiga el ánimo
,,,solo está muerto.

,,,y sin embargo, una vez más,
mi profundo agradecimiento a
Aporhilo, mi inseparable y fiel
alter ego.

Miguel Ortiz Valderrama

ÍNDICE

EXCLUSIVAS DE APORHILO

EL ORÁCULO DE APORHILO

APORHILISMOS

APORHITAFIOS

OTROS LIBROS DEL AUTOR

Prosopoemas de un sueño (1994)

Otaventos (1998)

Huellas de lobo (2002)

Mundos de Movart (2007)

Humor inteligente para inteligentes con humor (en preparación).

$$\Omega$$